十一家注孫子

五

（漢）曹操 （唐）杜牧等 注

國家圖書館出版社

卒使由之而不使知之也帥與之期如登高而去其梯梅堯臣曰可進而不可退也帥與之深入諸侯之地而發其機杜牧曰使無退心孟明焚舟是也一本帥與之登高○陳皥曰發其心機○賈林曰動我機權隨事應變○梅堯臣曰發其危機使人盡命○王晳曰皆勵決戰之志也機之發無復迴也賈詡勸曹公曰必決其機是也○張預曰去其梯可進而不可退發其機可往而不可返項羽濟河沉舟之類也焚舟破釜若驅羣羊驅而往驅而來莫知所之曹操曰一其心也○李筌曰還師者皆焚舟梁堅其志既不知謀又無返顧之心是以如驅羊也○杜牧曰三軍但知進退之命不知攻取之端也○梅堯臣曰但馴然從驅莫知其他也○何氏曰士之往來唯將之令如羊之從牧者○張預曰羣羊往來牧者之隨三軍進退惟將之揮聚三軍之衆投之於險此謂將軍之事也曹操曰險難也○梅堯臣曰措三軍於險難而取勝者爲將之所務也○張預曰去梯發機置兵於危險以取勝者此將軍之所務也九地之變屈伸之利人情之理不可不察曹操曰人情見利而進見害而退○杜牧曰言屈伸之利害人情之常理皆因九地以變化今欲下文重舉九地故於此重言發端張本也○梅堯臣曰九地之變有可屈可伸之利人情之常理須審察之○王晳曰明九地之利害亦當極其變耳言屈伸之利者未見便則屈見便則伸言人情之理者深專淺散圍禦之謂也○張預曰九地之法不可拘泥須識變通可屈則屈可伸則伸審所利而已此乃人情之常理不可不察凡爲客之道深則專淺則散梅堯臣曰深則專固淺則散歸此而下重言九地者孫子勤勤於九變也○張預曰先舉兵者爲客入深則專固入淺則士散此而下言九地之變去國越境而師者絕地也梅堯臣曰進不及輕退不及散在二地之間也○王晳曰

此越鄰國之境也是謂孤絶之地當速決其事若吳王伐齊近之兵
如此者鮮故不同九地之例○張預曰去已國越人境而用師者危
絶之地也若秦師過周而襲鄭是也此在
九地之外而言之者戰國時間有之也**四達者衢地也**梅堯
臣曰馳道四出敵當一面○
張預曰敵當一面旁國四屬**入深者重地也**梅堯臣曰士卒
以軍爲家故心
無散
亂**入淺者輕地也**梅堯臣曰歸國
尚近心不能專**背固前隘者圍**
地也梅堯臣曰背負險固前當阨塞○張
預曰前狹後險進退受制於人也**無所往者死地**
也梅堯臣曰窮無所之○張預
曰左右前後窮無所之地**是故散地吾將一其志**
李筌曰一卒之心○杜牧曰守則志一戰則易散○梅堯臣曰保城
備險一志堅守候其虛懈出而襲之○張預曰集人聚穀一志固守
依險設伏
攻敵不意**輕地吾將使之屬**曹操李筌曰使相及屬○杜
牧曰部伍營壘密近聯屬蓋

以輕散之地一者備其逃逸二者恐其敵至使易相救○杜佑曰使
相仍也輕地還師當安道促行然令相屬續以備不虞也○梅堯臣
曰行則隊校相繼止則營壘聯屬脫有敵至不有散逸也○王晳曰
絶則人不相恃○張預曰密營促隊使相屬續以備不虞以防逃遁
爭地吾將趨其後曹操曰利地在前當速進其後也○李
筌曰利地必爭益其備也此筌以趨字
爲多字○杜牧曰必爭之地我若已後當疾趨而爭況其不後哉○
陳皞曰二說皆非也若敵據地利我後爭之不亦後據戰地而趨戰
之勞乎所謂爭地必趨其後者若地利在前先分精鋭以據之彼若
恃衆來爭我以大衆趨其後無不剋者趙奢所以破秦軍也○杜佑
曰利地在前當進其後爭地先據者勝不得者負故從其後使相及
也○梅堯臣曰敵未至其地我若在後則當疾趨以爭之○張預曰
爭地貴速若前驅至而後不及則未可故當疾進
其後使首尾俱至或曰趨其後謂後發先至也**交地吾將**
謹其守杜牧曰嚴壁壘也○梅堯臣曰謹守壁壘斷其通道○
王晳曰懼襲我也○張預曰不當阻絶其路但嚴壁固

守險其來則可設伏擊之

衢地吾將固其結杜牧曰結交諸侯使之堅固○梅堯臣曰結諸侯使之堅固勿令敵先○王晳曰固以德禮威信且示以利害之計○張預曰財幣以利之盟誓以要之堅固不渝則必爲我助

重地吾將繼其食曹操曰掠彼也○李筌曰館穀於敵也繼一作掠○賈林曰使糧相繼而不絕也○杜佑曰深入當繼其糧餉○梅堯臣曰道既遐絕不可歸國取糧當掠彼以食軍○張預曰兵在重地轉輸不通不可乏糧當掠彼以續食○

圮地吾將進其塗曹操曰疾過去也○李筌曰不可留也○杜佑曰疾行無舍此地○梅堯臣曰無所依當速過○張預曰遇圮毀之地宜引兵速過

圍地吾將塞其闕曹操李筌曰以一士心也○杜牧曰兵法圍師必闕示以生路令無死志因而擊之今若我在圍地敵開生路以誘我卒我返自塞之令士卒有必死之心後魏末齊神武起義兵於河北爲尒朱兆天光度律仲遠等四將會於鄴南士馬精強號二十萬圍神武於南陵山時神武馬二千步軍不滿三

萬兆等設圍不合神武連繫牛驢自塞之於是將士死戰四面奮擊大破兆等四將也○孟氏曰意欲突圍示以守固○杜佑曰塞其闕不欲走之意○梅堯臣曰自塞其旁道使士卒必死戰也○王晳曰懼人有走心○張預曰吾在敵圍敵開生路當自塞之以一士心齊神武繫牛馬以塞路而士卒死戰是也

死地吾將示之以不活曹操李筌曰勵志也○杜牧曰示之必死令其自奮以求生也○賈林曰禁財棄糧塞井破竈示必死也○杜佑曰勵士也焚輜重棄糧食塞井夷竈示無生意必殊死戰也○梅堯臣曰必死可生人盡力也○王晳同梅堯臣註○何氏同杜牧註○張預曰焚輜重棄糧食塞井夷竈示以無活勵之使死戰也

故兵之情圍則禦曹操曰相持禦也○李筌曰敵圍我則禦之○杜牧曰言兵在圍地始乃人人有禦敵持勝之心相禦持也窮則同心守禦○梅堯臣同杜牧註○張預曰在圍則自然持禦

不得已則鬬曹操曰勢有不得已也○李筌曰有不得已則戰○梅堯臣曰勢無所往必鬬○王晳曰脫死難者唯鬬而已○張預曰

勢不可已須悉力而鬬

過則從曹操曰陷之甚過則從計也○李筌曰過則審蹈又云陷之於過則謀從之○孟氏曰甚陷則無所不從○梅堯臣同孟氏註○張預曰深陷於危難之地則無不從計若班超在鄯善欲與麾下數十人殺虜使乃誨諭之其士卒曰今在危亡之地死生從司馬是也

是故不知諸侯之謀者不能預交不知山林險阻沮澤之形者不能行軍不用鄉導者不能得地利曹操曰上已陳此三事而復云者力惡不能用兵故復言之○李筌曰三事軍之要也○梅堯臣曰已解軍爭篇中重陳此三者蓋言敵之情狀地之利害當預知焉○王晳曰再陳者勤戒之也○張預曰知此三事然後能審九地之利害故再陳於此也

四五者不知一非霸王之兵也曹操曰謂九地之利害或曰上四五事也○張預曰四五謂九地之利害有一不知未能全勝

夫霸王之兵伐大國則其衆不得聚威加於敵則其交不得合李筌曰夫并兵震威則諸侯自顧不敢預交○杜牧曰權力有餘也能分散敵也○孟氏曰以義制人人誰敢拒○陳皥曰雖有霸王之勢伐大國則我衆不得聚要在結交外援若不如此但以威加於敵逞己之強則必敗也○梅堯臣曰伐大國能分其衆則權力有餘也權力有餘則威加敵威加敵則旁國懼旁國懼則敵交不得合也○王晳曰能知敵謀能得地利又能形之使其不相救不相恃則雖大國豈能聚衆而拒我哉威之所加者大則敵交不得合○張預曰恃富強之勢而亟伐大國則己之民衆將怨苦而不得聚也甲兵之威倍勝於敵國則諸侯懼而不敢與我合交也或曰侵伐大國若大國一敗則小國離而不聚矣若晉楚爭鄭晉勝則鄭附晉敗則鄭叛也小國既離則敵國之權力分而弱矣或我之兵威得以增勝於彼是則諸侯豈敢與敵人交合乎

是故不爭天下之交不養天下之權信仲己

之私威加於敵故其城可拔其國可隳曹操曰霸者不結成天下諸侯之權也絶天下之交奪天下之權故己威得伸而自私○李筌曰能絶天下之交惟得伸己之私志威而無外交者○杜牧曰信伸也言不結鄰援不蓄養機權之計但逞兵威加於敵國貴伸己之私欲若此者則其城可拔其國可隳齊桓公問於管仲曰必先頓甲兵修文德正封疆而親四鄰則可矣於是復魯衛燕所侵地而以好成四鄰大親乃南伐楚北伐山戎東制令支斬孤竹西服流沙兵車之會六乘車之會三乃率諸侯而朝天子吳夫差破越於會稽敗齊於艾陵闕溝於商魯會晉於黃池爭長而反威加諸侯諸侯不敢與爭句踐伐之乞師齊楚齊楚不應民疲兵頓爲越所滅越王句踐問戰於申包胥曰越國南則楚西則晉北則齊春秋皮幣玉帛子女以賓服焉未嘗敢絶求以報吳願以此戰包胥曰善哉蔑以加焉遂伐吳滅之○賈林曰諸侯既懼不得附聚不敢合從我之智謀威力有餘諸侯自歸何用養交之也○不養一作不事○陳皞曰智力既全威權在我但自養士卒爲不可勝之謀天下諸侯無權可事

也仁智義謀已之私有用以濟衆故曰伸私威振天下德光四海恩沾品物信及豚魚百姓歸心無思不服故攻城必拔伐國必隳也○梅堯臣曰敵既不得與諸侯合交則我亦不爭其交不養其權用己力而已爾威亦增勝於敵矣故可拔其城可隳其國此謂霸王之兵也○王晳曰結交養權則天下可從申私損威則國城不保○張預曰不爭交援則勢孤而助寡不養權力則人離而國弱伸一己之私忿暴兵威於敵國則終取敗亡也或曰敵國衆既不得聚交又不得合則我當絶其交奪其權得伸己所欲而威倍於敵國故人城可得而拔人國可得而隳也

施無法之賞懸無政之令賈林曰欲拔城隳國之時故懸國外之賞罰行政外之威令故不守常法常政故曰無法無政○梅堯臣曰瞻功行賞法不預設臨敵作誓政不先懸○王晳曰杜蕤喻也曹公曰軍法令不預施懸之司馬法曰見敵作誓瞻功行賞此之謂也○張預曰法不先施政不預告皆臨事立制以勵士心司馬法曰見敵作誓瞻功行賞

犯三軍之衆若使一人曹操曰犯用也言明賞罰雖用衆若

使一人也○李筌曰善用兵者爲法作攻而人不知懸事無令而人從之是以犯衆如一人也○梅堯臣曰犯用也賞犯嚴明用多若用寡也○張預曰賞功不逾時罰罪不遷列賞罰之典既明且速則用衆如寡也

犯之以事勿告以言

梅堯臣曰但用以戰不告以謀○王晳曰情泄則謀乖○張預曰任用之於戰鬬勿諭之以權謀人知謀則疑也若裴行儉不告士卒以徙營之由是也

犯之以利勿告以害

曹操曰勿使知害○李筌曰犯用也卒知言與害則生疑難○梅堯臣曰用令知利不令知害○王晳曰慮疑懼也○張預曰人情見利則進知害則避故勿告以害也

投之亡地然後存陷之死地然後生

曹操曰必殊死戰在亡地無敗者孫臏曰兵恐不投之死地也○李筌曰兵居死地必決命而鬬以求生韓信水上軍則其義也○梅堯臣曰地雖曰亡力戰不亡地雖曰死死戰不死故亡者存之基死者生之本也○何氏曰如漢王遣將韓信擊趙未至井陘口三十里止舍夜半傳發選輕騎二千人人持一赤幟

從間道草山而觀趙軍誡曰趙見我走必空壁逐我汝疾入趙壁拔趙幟立漢幟令其裨將傳餐曰今日破趙會食信乃使萬人先行出背水陳趙軍遥見而大笑平旦信建大將軍之旗鼓行出井陘口趙開壁擊之大戰良久於是信走水上軍趙空壁逐信信已入水上軍軍皆殊死戰不可敗信所出奇兵二千騎馳入趙壁皆拔趙幟立漢赤幟趙軍攻信既不得還壁見漢幟大驚遂亂遁走於是漢兵夾擊大破虜趙軍斬陳餘泜水上擒趙王諸將因問信曰兵法右背山陵前左水澤今者將軍令臣等反背水陳曰破趙會食臣等不服然竟以勝此何術也信曰此在兵法顧諸君不察耳兵法不曰陷之死地而後生置之亡地而後存乎且信非得素拊循士大夫也此所謂驅市人而戰其勢非置之死地使人人自爲戰今與之生地皆走寧尚可得而用之乎諸將皆服曰非所及也梁將陳慶之守渦陽城與後魏軍相持自春至冬數十百戰師老氣衰魏之援兵復欲築壘於軍後諸將恐腹背受敵議退師慶之曰共來至此涉歷一歲糜費糧仗其數極多諸軍並無鬬心皆謀退縮豈是欲立功名直聚爲鈔暴耳吾聞置兵死地乃可求生須虜大合然後與戰必捷諸將壯其計從

之□人掎角作十三城慶之銜枚夜出陷其四壘所餘九城兵甲猶盛乃陳其俘馘鼓譟而攻遂大奔潰斬獲略盡後魏末齊神武起兵於河北尒朱兆等四將兵馬號二十萬夾洹水而軍時神武士馬不滿三萬以衆寡不敵遂於韓陵山爲圓陳繫牛驢以塞道於是將士皆死戰四面奮擊大破之齊神武兵少天光等兵十倍圍而缺之神武乃自塞其缺士皆有必死之志是以破敵也高齊北豫州刺史司馬消難請降後周周將楊忠與柱國達奚武援之於是共率騎士五千人各乘馬一匹從間道馳入齊境五百里前後遣三使報消難而皆不反命去豫州三十里武疑有變欲還忠曰有進死無退生獨以千騎夜趣城下四面峭絕徒聞擊柝之聲武親來麾數百騎以西忠勒餘騎不動俟門開而入乃馳遣召武時齊鎮城將伏敬遠勒甲士二千人據東陴舉烽嚴警武憚之不欲保城乃多取財帛以消難及其屬先歸忠以三千騎爲殿到洛南皆解鞍而臥齊衆來追至於洛北忠謂將士曰但飽食今在死地賊必不敢渡水以當吾鋒食畢齊兵佯若渡水忠馳將擊之齊兵不敢逼遂徐引而退○張預曰置之死亡之地則人自爲戰乃可存活也項羽救趙破釜焚廬示以

必死諸侯從壁上觀楚戰士無不一當十遂虜秦將是也

夫衆陷於害然後能爲勝敗

梅堯臣曰未陷難地則士卒心不專既陷危難然後勝敗在人爲之爾○張預曰士卒用命則勝敗之事在我所爲

故爲兵之事在於順詳敵之意

曹操曰佯愚也或曰彼欲進設伏而退欲去開而擊之○李筌曰敵欲攻我以守待之敵欲戰我以奇待之退伏利誘皆順其所欲○杜牧曰夫順敵之意蓋言我欲擊敵未見其隙則藏形閉跡敵人之所爲順之勿驚假如強以陵我我則示怯而伏且順其強以驕其意候其懈怠而攻之假如欲退而歸則開圍使去以順其退使無鬬心遂因而擊之皆順敵之旨也○陳皥曰順敵之旨不假多說但強示之弱進示之退使敵心不戒然後攻而破之必矣○梅堯臣曰佯怯佯弱佯亂佯北敵人輕來我志乃得○張預曰彼欲進則誘之令進彼欲退則緩之令退奉順其旨設奇伏以取之或曰敵有所欲當順其意以驕之留爲後圖若東胡遣使謂冒頓曰欲得頭曼千里馬冒頓與之復遣使來曰願得單于一閼氏冒頓又與

之及其驕怠而擊之遂滅東胡是也**并敵一向千里殺將**曹操曰并兵向敵雖千里能擒其將也○杜牧曰上文言爲兵之事在順敵人之意此乃未見敵人之隙耳若已見其隙有可攻之勢則須并兵專力以向敵人雖千里之遠亦可以殺其將也○賈林曰能以利誘敵人使一向趣之則我雖遠千里亦可擒殺其將○梅堯臣曰隨敵一向然後發伏出奇則能遠擒其將○王晳曰順敵意隨敵形及其空虛不虞并兵一力以向之乘勢可千里而覆軍殺將也○張預曰敵既驕情則并兵力以向之可以覆其軍殺其將則明如冒頓滅東胡之事是也**此謂巧能成事者也**曹操曰是成事巧者也一作是謂巧攻成事○梅堯臣曰能順敵而取勝機巧者也○何氏曰能如此者是巧攻之成事也○張預曰始順其意後殺其將成事之巧也**是故政舉之日夷關折符無通其使**曹操曰謀定則閉關以絕其符信勿通其使○李筌曰政令既行閉關折符無得有所沮議恐惑衆士心也○杜牧曰其所不通豈敵人之使乎若敵人

之使不受則何必夷關折符然後爲不通乎答曰夷關折符者不令國人出入蓋恐敵人有間使潛來或藏形隱跡由危歷險或竊符盜信假託姓名而來窺我也無通其使者敵人若有使來聘亦不可受之恐有智能之士如張孟談婁敬之屬見其微而知著測我虛實也此乃兵形未成恐敵人先事以制我也兵形已成出境之後則使在其間古之道也○梅堯臣曰夷滅也折斷也舉政之日滅塞關梁斷毀符節使不通也使不通者恐泄我事也○張預曰廟筭已定軍謀已成則夷塞關梁毀折符信勿通使命恐泄我事也彼有使來則當納之故下文云敵之開闔必亟入之**厲於廊廟之上以誅其事**曹操曰誅治也○杜牧曰厲揣厲也言廊廟之上誅治其事成敗先定然後興師一本作以謀其事○梅堯臣曰嚴整於廊廟之上以計其事言其密也○何氏曰磨厲廟勝之策以責成其事○張預曰兵者大事不可輕議當惕厲於廊廟之上密治其事貴謀不外泄也**敵人開闔必亟入之**曹操曰敵有間隙當急入之也○李筌曰敵開闔未定必急來也○孟氏曰開闔間者也有間

來[illegible]縣內之○梅堯臣同孟氏註○張預曰開闔間謂使也敵有間來當急受之或曰謂敵人或開或闔出入無常進退未決則宜速乘之

先其所愛曹操曰據利便也○李筌曰先攻其積聚及專利不擇其用也○杜牧曰凡是敵人所愛惜倚恃以爲軍者則先奪之也○梅堯臣曰先察其便利愛惜之所也○何氏同杜牧註

微與之期曹操曰後人發先人至○杜牧曰微者潛也言以敵人所愛利便之處爲期將欲謀奪之故潛往赴期不令敵人知也○陳皞曰我若先奪便地而敵不至雖有其利亦奚用之是以欲取其愛惜之處必先微與敵人相期誤之使必至○梅堯臣曰微露之期使間歸告然後我後人發先人至也後發者欲其必赴也先至者奪其所愛也○王晳曰權譎也微者所以示密曹公曰先敵至也○張預曰兵所愛者便利之地我欲先據當微露其意與之相期敵方趨之我乃後發而先至也所以使敵先趨者恐我至而敵不來也故曰爭地吾將趨其後

踐墨隨敵以決戰事曹操曰行踐規矩無常也○李筌曰墨者出道也出遲道而從之恐不及○杜牧曰墨規矩也言我常須踐履規矩深守法制隨敵人之形若有可乘之勢則出而決戰也○陳皞曰兵雖要在迅速以決戰事然自始及末須守法制縱獲勝捷亦不可爭競擾亂也城濮之戰晉文公登有莘之墟以望其師曰少長有禮其可用也○踐墨一作剗墨○賈林曰剗除也墨繩墨也隨敵計以決戰事惟勝是利不可守以繩墨而爲○梅堯臣曰舉動必踐法度而隨敵屈伸因利以決戰也○王晳曰踐兵法如繩墨然後可以順敵決勝○張預曰循守法度踐履規矩隨敵變化形勢無常乃可以決戰取勝墨繩墨也婦人左右前後跪起皆中規矩繩墨是也

是故始如處女敵人開戶後如脫兔敵不及拒曹操李筌曰處女示弱脫兔往疾也○杜牧曰言敵人初時謂我無所能爲如處女之弱我因急去攻之險迅疾速如兔之脫走不可捍拒也或曰我避敵走如脫兔曰非也○梅堯臣曰始若處女踐規矩之謂也後若脫兔應敵決戰之速也○王晳曰處女隨敵也開戶不虞也脫兔疾也若田單守即墨而破燕軍是也○張預曰守則如處女之弱令敵懈怠是以啓隙攻則

脫兎之疾乘敵倉卒日延以莫禦太史公謂田單守即墨攻騎劫正如此語不其然乎

火攻篇

曹操曰以火攻人當擇時日也○王晳曰助兵取勝戒虛發也○張預曰以火攻敵當使姦細潛行地里之遠近途徑之險易先熟知之乃可往故次九地

孫子曰凡火攻有五一曰火人 李筌曰焚其營殺其士卒也○杜牧曰焚其營柵因燒兵士吳起曰凡軍居荒澤草木幽穢可焚而滅蜀先主伐吳吳將陸遜拒之於夷陵先攻一營不利諸將曰空殺兵耳遜曰吾已曉破敵之術矣乃敕各持一把茅以火攻拔之一爾勢成通率諸軍同時俱攻斬張南馮習及胡王沙摩柯等破四十餘營死者萬數備因夜遁軍資器械略盡遂歐血而殂○梅堯臣曰焚營柵荒穢以助攻戰也○何氏曰魯桓公世焚邾婁之咸丘始以火攻也後世兵家者流故有五火之攻以佐取勝之道也如後漢班超使西域到鄯善初夜將吏士奔虜營會天大風超令十人持鼓藏虜舍後約曰見火燃皆當鳴鼓大呼餘人悉持兵弩夾門而伏超順風縱火前後鼓譟虜衆驚亂超手格殺三人餘衆悉燒死又皇甫嵩率兵討黃巾賊張角嵩保長社賊來圍城嵩兵少軍中皆恐召軍吏謂曰兵有奇變不在衆寡今賊依草結營易爲風火若因夜縱火必大驚亂吾出兵擊之其功可成其夕遂大風嵩乃約勒軍士皆束苣乘城使銳士間出圍外縱火大呼城上舉燎應之嵩因鼓而奔其陳賊驚亂奔走大破之又五代梁太祖乾寧中親領大軍由鄆州東路北次於魚山朱宣覘知即以兵徑至且圖速戰帝整軍出砦時宣瑾已陳於前須臾東南風大起帝軍旌旗失次甚有懼色帝即令騎士揚鞭呼嘯俄而西北風驟發時兩軍皆在草莽中帝因令縱火既而煙燄亘天乘勢以攻賊陳宣瑾大破餘衆擁入清河因築京觀於魚山之下又後唐伐蜀工部任圜以大軍至漢州康延孝來逆戰圜命董璋以東川懦卒當其鋒伏精兵於其後延孝擊退東川之軍急追之遇伏兵延孝敗馳入漢州閉壁不出西川孟知祥以兵二萬與圜合勢攻之漢州四面樹竹木爲柵三月圜陳于金鴈橋即率諸軍鼓譟而進四面縱火風燄亘空延孝危急引騎出陳于金鴈橋又大敗之○張預曰

焚彼營舍以殺其士火攻之先也班超燒匈奴使者是也**二曰火積**李筌曰焚積聚也○杜牧曰積者積蓄也糧食薪芻是也高祖與項羽相持成皐為羽所敗北渡河得張耳韓信軍軍脩武深溝高壘使劉賈將二萬人騎數百渡白馬津入楚地燒其積聚以破其業楚軍乏食隋文帝時高熲獻取陳之策曰江南土薄舍多茅竹所有儲積皆非地窖可密遣行人因風縱火待彼修葺復更燒之不出數年自可財力俱盡帝行其策由是陳人益弊○梅堯臣曰焚其委積以困芻糧○張預曰焚其積聚使芻糧不足故曰軍無委積則亡劉賈燒楚積聚是也**三曰火輜四曰火庫**李筌曰燒其輜重焚其庫室○杜牧曰器械財貨及軍士衣裝在車中上道未止曰輜在城營壘已有止舍曰庫其所藏二者皆同漢末袁紹相許攸降曹公曰今袁氏輜重有萬餘兩車屯軍不嚴今以輕兵襲之不意而至焚其積聚不過三日袁氏自敗公大喜選精騎五千皆用袁氏旗幟銜枚縛馬口從間道出入抱束薪所歷道有問者語之曰袁公恐曹操抄略後軍遣兵以益備聞者信以為然皆自若既至圍屯大放火營中驚亂因大

章

破之輜重悉焚之矣○陳皥曰夫敵有愛惜之物亦可以攻之彼若出救是我以火分其勢也更遇其心神撓惑自可破軍殺將也○梅堯臣曰焚其輜重以窮貨財焚其庫室以空蓄聚○何氏曰如前秦符堅遣將王猛伐前燕慕容暐師至潞川燕將慕容評率兵四十萬禦之以持久制之猛遣將郭慶率步騎五千夜從間道起火於晉山燒評輜重火見鄴中因而滅之○張預曰焚其輜重使器用不供故曰軍無輜重則亡曹操燒袁紹輜重是也焚其府庫使財貨不充故曰軍無財則士不來**五曰火隊**李筌曰焚其隊仗兵器○杜牧曰焚其行伍因亂而擊之○梅堯臣曰焚其隊仗以奪兵具隊一作隧○賈林曰隧道也燒絕糧道及轉運也○何氏同賈林註○張預曰焚其隊仗使兵無戰具故曰器械不利則難以應敵也**行火必有因**曹操曰因姦人○李筌曰因姦人而內應也○陳皥曰須得其便不獨姦人○賈林曰因風燥而焚之○張預曰凡火攻皆因天時燥旱營舍茅竹積芻聚糧居近草莽因風而焚之**煙火必素具**曹操曰煙火燒具也○李筌曰乾芻蒿艾糧糞之屬○杜牧曰艾蒿

荻葦薪芻膏油之屬先須修事以備用兵法有火箭火簾火杏火兵火獸火禽火盜火弩凡此者皆可用也○梅堯臣曰潛姦伺隙必有便也秉秆持燧必先備也傳曰惟事事有備乃無患也○張預曰貯火之器燃火之物常須預備伺便而發

發火有時起火有日

梅堯臣曰不妄發也○張預曰不可偶然當伺時日

時者天之燥也

曹操曰燥者旱也○梅堯臣曰旱熯易燃○張預曰天時旱燥則火易燃

日者月在箕壁翼軫也凡此四宿者風起之日也

李筌曰天文志月宿此者多風王經云常以月加日從營室順數十五至翼月在宿於此也○杜牧曰宿者月之所宿也四宿者風之使也○梅堯臣曰箕龍尾也壁東壁也翼軫鶉尾也宿在者謂月之所次也四宿好風月離必起○張預曰四星好風月宿則起當推步躔次知所宿之日則行火一說春丙丁夏戊己秋壬癸冬甲乙此日有疾風猛雨又占風法取雞羽重八兩掛於五丈竿上以候風所從來四宿即箕壁翼軫也

凡

火攻必因五火之變而應之

梅堯臣曰因火爲變以兵應之○張預曰因其火變以兵應之五火即人積輜庫隊也

火發於內則早應之於外

曹操曰以兵應之也○李筌曰乘火勢而應之也○杜牧曰凡火乃使敵人驚亂因而擊之非謂空以火敗敵人也聞火初作即攻之若火闌衆定而攻之當無益故曰早也○杜佑曰使間人縱火於敵營內當速進以攻其外也○梅堯臣曰內若驚亂外以兵擊○張預曰火纔發於內則兵急擊於外表裏齊攻敵易驚亂

火發兵靜者待而勿攻

杜牧曰火作不驚敵素有備不可遽攻須待其變者也○梅堯臣曰不驚撓者必有備也○王晳曰以不變也○何氏曰火作而敵不驚呼者有備也我往攻則返或受害○張預曰火雖發而兵不亂者敵有備也復防其變故不可攻

極其火力可從而從之不可從而止

曹操曰見可而進知難而退○李筌曰夫火發兵不亂不可攻○杜牧曰俟火盡巳來若

敵人擾亂則攻之若敵終靜不擾則收兵而退也○杜佑曰見利則進知難則退極盡也盡火力可則應不可則止無使敵知其所爲○梅堯臣曰極其火勢待其變則攻不變則勿攻○王皙曰伺其變亂則乘之終不變亂則自治而蓄力○何氏曰如魏滿寵征吳敕諸將曰今夕風甚猛賊必來燒我營宜爲之備諸軍皆警夜半果來燒營寵掩擊破之者是也○張預曰盡其火勢變亂則攻安靜則退

火可發於外無待於內以時發之

李筌曰魏武破袁紹於官渡用許攸計燒輜重萬餘則其義也○杜牧曰上文云五火變須發於內若敵居荒澤草穢或營柵可焚之地即須及時發火不必更待內發作然後應之恐敵人自燒野草我起火無益漢時李陵征匈奴戰敗爲單于所逐及於大澤匈奴於上風縱火陵亦先放火燒斷蒹葭用絕火勢○陳皥曰以時發之所謂天之燥日之宿在四星也○賈林曰火可發於外亦必待內應得時即應發不可拘於常勢也○梅堯臣同杜牧註○張預曰火亦可發於外不必須待作於內但有便則應時而發黃巾賊張角圍漢將皇甫嵩於長社賊依草結營嵩使銳士間出圍外縱火大呼城上舉燎應之嵩因鼓而奔其陳賊驚亂遂敗走

火發上風無攻下風

曹操曰不便也○李筌曰隋江東賊劉元進攻王世充於延陵令把草東方因風縱火俄而迴風悉燒元進營軍人多死者○杜牧曰若是東則焚敵之東我亦隨以攻其東若火發東面攻其西則與敵人同受也故無攻下風則順風也若舉東可知其他也○梅堯臣曰逆火勢非便也敵必死戰○王皙曰或擊其左右可也○張預曰燒之必退退而逆擊之必死戰故不便也

晝風久夜風止

曹操曰數當然也○李筌曰不終始也○杜牧曰老子曰飄風不終朝○梅堯臣曰凡晝風必夜止夜風必晝止數當然也○王皙同梅堯臣註○張預曰晝起則夜息數當然也故老子曰飄風不終朝

凡軍必知有五火之變以數守之

杜牧曰須筭星躔之數守風起日乃可發火不可偶然而爲之○杜佑曰既知起五火五變當復以數消息其可否○梅堯臣曰數星之躔以候風起之日然而發火亦當自防其變○張預曰不可止知以火攻人亦當防人攻

己推四星之度數知風起之日則嚴備守之

故以火佐攻者明梅堯臣曰明白易勝○張預曰用火助攻灼然可以取勝

以水佐攻者強杜佑曰水以爲衝故強○梅堯臣曰勢之強也○張預曰水能分敵之軍彼勢分則我勢強

水可以絶不可以奪曹操曰火佐者取勝明也水佐者但可以絶敵道分敵軍不可以奪敵蓄積○李筌曰軍者必守術數而佐之水火所以明強也光武之敗王莽魏武之擒呂布皆其義也以水絶敵人之軍分爲二則可難以奪敵人之蓄積○杜牧曰水可絶敵糧道絶敵救援絶敵奔逸絶敵衝擊不可以水奪險要蓄積也○王晳曰強者取其決注之暴○張預曰水止能隔絶敵軍使前後不相及取其一時之勝然不若火能焚奪敵之積聚使之滅亡若韓信決水斬楚將龍且是一時之勝也曹公焚袁紹輜重紹因以敗是使之滅亡也水不若火故詳於火而略於水

夫戰勝攻取而不修其功者凶命曰費留曹操曰若水之留不復還也或曰賞不以時但費留也賞善不踰日也○李筌曰賞不踰日罰不踰時若功立而不賞有罪而不罰則士卒疑惑日有費也○杜牧曰修者舉也夫戰勝攻取若不藉有功舉而賞之則三軍之士必不用命也則有凶咎徒留滯費耗終不成事也○賈林曰費留惜費也○梅堯臣曰欲戰必勝攻必取者在因利乘便能作爲功也作爲功者修火攻水攻之類不可坐守其利也坐守其利者凶也是謂費留矣○王晳曰戰勝攻取而不修功賞之差則人不勸不勸則費財老師凶害也已○張預曰戰攻所以能必勝必取者水火之助也水火所以能破軍敗敵者士卒之用命也不修舉有功而賞之凶咎之道也財竭師老而不得歸費留之謂也

故曰明主慮之良將修之杜牧曰黄石公曰夫霸者制士以權結士以信使士以賞信衰則士疏賞虧則士不爲用○賈林曰明主慮其事良將修其功○梅堯臣曰始則君發其慮終則將修其功○張預曰君當謀慮攻戰之事將當修舉克捷之功

非利不動李筌曰明主賢將非見利不起兵○杜牧曰先見起兵之利然後兵起○梅堯臣曰凡兵非利於民不興也一作非利不

趙也

非得不用杜牧曰先見敵人可得然後用兵○賈林曰非得其利不用也非危不戰曹操曰不得已而用兵○李筌曰非至危不戰○梅堯臣曰凡用兵非危急不戰也所以重凶器也○張預曰兵凶器戰危事須防禍敗不可輕舉不得已而後用

主不可以怒而興師王晳曰不可但以怒也若息侯伐鄭○張預曰因怒興師不亡者鮮若息侯與鄭伯有違言而伐鄭君子是以知息之將亡

將不可以慍而致戰王晳曰不可但以慍也若晉趙穿○張預曰因忿而戰罕有不敗若姚襄怒苻黃眉壓壘而陳因出戰為黃眉所敗是也怒大於慍故以主言之慍小於怒故以將言之君則可以興兵將則止可言戰

合於利而動不合於利而止曹操曰不得以己之喜怒而用兵也○賈林曰慍怒內作不顧安危固不可也○杜佑曰人主聚衆興軍以道理勝負之計不可以己之私怒將舉兵則以策不可以慍恚之故而合戰也○梅堯臣曰兵以義動無以怒興戰以利勝無以慍敗○張預曰不可因己之喜怒而用兵當顧利害所在尉繚子曰兵起非可以忿也見勝則興不見勝則止

怒可以復喜慍可以復悅張預曰見於色者謂之喜得於心者謂之悅

亡國不可以復存死者不可以復生杜牧曰亡國者非能亡人之國也言不度德不量力因怒興師因慍合戰則其兵自死其國自亡者也○杜佑曰凡主怒興軍伐人無素謀明計則破亡矣將慍怒而鬬倉卒而合戰所傷殺必多怒慍復可以說喜言亡國不可復存死者不可復生者言當慎之○梅堯臣曰一時之怒可返而喜也一時之慍可返而說也國亡軍死不可復已○王晳曰喜怒無常則威信去矣○張預曰君因怒而興兵則國必亡將因慍而輕戰則士必死

故明君慎之良將警之此安國全軍之道也杜牧曰警言戒之也○梅堯臣曰主當慎重將當警懼○張預曰君常慎於用兵則可以安國將常戒於輕戰則可以全軍

用間篇

曹操李筌曰戰者必用間諜以知敵之情實也○張預曰欲素知敵情者非間不可也用間之道尤須微密故次火攻也

孫子曰凡興師十萬出征千里百姓之費公家之奉日費千金內外騷動怠於道路不得操事者七十萬家 曹操曰古者八家爲鄰一家從軍七家奉之言十萬之師舉不事耕稼者七十萬家○李筌曰古者發一家之兵則鄰里三族共資之是以不得耕作者七十萬家而資十萬之衆矣○杜牧曰古者一夫田一頃夫九頃之地中心一頃鑿井樹廬八家居之是爲井田怠疲也言七十萬家奉十萬之師轉輸疲於道路也○梅堯臣曰輸糧供用公私煩役疲於道路廢於耒耜也曹說是也○張預曰井田之法八家爲鄰一家從軍七家奉之興兵十萬則輟耕作者七十萬家也或問曰重地則掠疲於道路而轉輸何也曰非止運糧亦供器用也且兵貴掠敵者謂深踐敵境則當備其乏故須掠以繼食非專館穀於敵也亦有磧鹵之地無糧可因得不餉乎

相守數年以爭一日之勝而愛爵祿百金不知敵之情者不仁之至也 李筌曰惜爵賞不與間諜令窺敵之動靜是爲不仁之至也○杜牧曰言不能以厚利使間也○梅堯臣曰相守數年則七十萬家所費多矣而乃惜爵祿百金之微不以遺間釣情取勝是不仁之極也○王晳曰惜財賞不用間也○張預曰相持且久七十萬家財力一困不知恤此而反靳惜爵賞之細不以啗間求索知敵情者不仁之甚也

非人之將也 梅堯臣曰非將人成功者也

非主之佐也 一本作非仁之佐也○梅堯臣曰非以仁佐國者也

非勝之主也 梅堯臣曰非致勝主利者也○張預曰不可以將人不可以佐主不可以主勝勤勤而言者嘆惜之也

故明君賢將所以

動而勝人成功出於衆者先知也李筌曰爲間[illegible]○杜牧曰知敵情也○梅堯臣曰主不妄動動必勝人將不苟功功必出衆所以者何也在預知敵情也○王晳曰先知敵情制勝如神也○何氏曰周官士師掌邦諜蓋異國間伺之謂也故兵家之有四機二權曰事機曰智權皆善用間諜者也故能敵人動靜我預知矣韋孝寬爲驃騎大將軍鎮玉壁孝寛善於撫御能得人心所遣間諜入齊者皆爲盡力亦有齊人得孝寛金貨遥通書跡故齊之動靜朝廷皆先知之時有主帥許盆孝寛委以心膂令守一戍盆乃以城東入孝寛怒遣諜取之俄而斬首而還其能致物情如此又李達爲都督義州弘農等二十一防諸軍事每厚撫境外之人使爲間諜敵中動靜必先知之至有事泄被誅戮者亦不以爲悔其得人心也如此○張預曰先知敵情故動則勝人功業卓然超絕羣衆

先知者不可取於鬼神張預曰視之不見聽之不聞不可以禱祀而取

不可象於事曹操曰不可以禱祀而求亦不可以事類而求也○李筌曰不可取於鬼神象類唯間者能知敵之情○杜牧曰象者類也言不可以他事比類而求○梅堯臣曰不可以卜筮知也不可以象類求也○張預曰不可以事之相類者擬象而求

不可驗於度曹操曰不可以事數度也○李筌曰度數也夫長短闊狹遠近小大即可驗之於度數人之情僞度不能知也○梅堯臣曰不可以度數驗也言先知之難也○張預曰不可以度數推驗而知

必取於人知敵之情者也曹操曰因人也○李筌曰因間人也○梅堯臣曰鬼神之情可以卜筮知形氣之物可以象類求天地之理可以度數驗唯敵之情必由間者而後知也○張預曰鬼神象類度數皆不可以求先知必因人而後知敵情也

故用間有五有因間有內間有反間有死間有生間梅堯臣曰五間之名也○張預曰此五間之名因間當爲鄉間故下文云鄉間可得而使

五間俱起莫知其道是謂神紀人君之寶也

曹操曰同時任用五間也○李筌曰五間者因五人用之○杜牧曰五間俱起者敵人不知其情泄形露之道乃神鬼之綱紀人君之重寶也○梅堯臣曰五間俱起以間敵而莫知我用之之道是曰神妙之綱紀人君之所貴也○王晳曰五間俱起人不之測是用兵神妙之大紀人主之重寶也○賈林曰紀理也言敵人但莫知我以何道如通神理也○張預曰五間循環而用人莫能測其理茲乃神妙之綱紀人君之重寶也

因間者因其鄉人而用之 杜牧曰因敵鄉國之人而厚撫之使為間也晉梁州刺史祖逖之鎮雍丘愛人下士雖疎交賤隸皆恩禮而遇之河上堡固先有任子在胡者皆聽兩屬時遣游軍偽抄之明其未附諸塢王感戴胡有異圖輒密以聞前後剋獲蓋由於此西魏韋孝寬使齊人斬許盆而來猶其義也○賈林曰讀因間為鄉間○杜佑曰因敵鄉人知敵表裏虛實之情故就而用之可使伺候也○梅堯臣曰因其國人利而使之○何氏曰如春秋時楚師伐宋九月不服將去宋楚大夫申叔時曰築室反耕者宋必聽命楚子從之宋人懼使華元夜入楚師登子反之牀起之曰寡君使元以病告曰弊

邑易子而食析骸而爨雖然城下之盟有以國斃不能從也去我三十里唯命是聽子反懼與之盟而告楚子退三十里宋及楚平○張預曰因敵國人知其底裏就而用之可使伺候也韋孝寬以金帛啗齊人而齊人遥通書疏是也

內間者因其官人而用之 李筌曰因敵人失職之官魏用許攸也○杜牧曰敵之官人有賢而失職者有過而被刑者亦有寵嬖而貪財者有屈在下位者有不得任使者有欲因敗喪以求展己之材能者有翻覆變詐常持兩端之心者如此之官皆可以潛通問遺厚貺金帛而結之因求其國中之情察其謀我之事復間其君臣使不和同也○杜佑曰因在其官失職者若刑戮之子孫與受罰之家也因其有隙就而用之○梅堯臣曰因其官屬結而用之○何氏曰如益州牧羅尚遣將隗伯攻蜀賊李雄於郫城互有勝負雄乃募武都人朴泰鞭之見血使譎羅尚欲為內應以火為期尚信之悉出精兵遣隗伯等率兵從泰擊雄雄將李驤於道設伏泰以長梯倚城而舉火伯軍見火起而爭緣梯泰又以繩汲上尚軍百餘人皆斬之雄因放兵內外擊之大破尚軍此用內間之勢也又隋陸

壽為幽州總管高寶寧舉兵反壽討之寶寧奔于磧北壽班師留開府成道昂鎮之寶寧遣其子僧伽率輕騎掠城下而去尋引契丹靺鞨之衆來攻道昂苦戰連月乃退壽患之於是重購寶寧又遣人陰間其所親任者趙世模王威等月餘世模率其衆降寶寧復走契丹為其麾下趙修羅所殺北邊遂安又唐太宗討竇建德入武牢進薄其營多所傷殺凌敬進說曰宜悉兵濟河攻取懷州河陽使重將居守更率衆鳴鼓建旗踰太行入上黨先聲後實傳檄而定漸趨壺口稍駭蒲津收河東之地此策之上也行必有三利一則入無人之境師有萬全二則拓土得兵三則鄭圍自解建德將從之王世充之使長孫安世陰齎金玉啗其諸將以亂其謀衆咸進諫曰凌敬書生耳豈可與言戰乎建德從之退而謝敬曰今衆心甚銳此天贊我矣因此決戰必然大捷已依衆議不得從公言也敬固爭建德怒扶出焉於是悉衆進逼武牢太宗按甲挫其鋒建德中槍竄於牛口渚車騎將軍白士讓楊武威生獲之又王翦為秦將攻趙趙使李牧司馬尚禦之李牧數破走秦軍殺秦將桓齮翦惡之乃多與趙王寵臣郭開等金使為反間曰李牧司馬尚欲與秦反趙以多取封於秦趙王疑

之使趙葱及顏聚代將斬李牧廢司馬尚後三月翦因急擊趙大破殺趙葱虜趙王遷及其將顏聚也○張預曰因其失意之官或刑戮之子弟凡有隙者厚利使之晉任析公吳納子胥皆近之

反間者因其敵間而用之

李筌曰敵有間來窺我得失我厚賂之而令反為我間也○杜牧曰敵有間來窺我我必先知之或厚賂誘之反為我用或佯為不覺示以偽情而縱之則敵人之間反為我用也陳平初為漢王護軍尉項羽圍於滎陽城漢王患之請割滎陽以西和項王弗聽平曰顧楚有可亂者彼項王骨鯁之臣亞父鍾離眛龍且周殷之屬不過數人耳大王能出捐數萬斤金行反間間其君臣以疑其心項王為人意忌信讒必內相誅漢因舉兵而攻之破楚必矣漢王以為然乃出黃金四萬斤與平恣所為不問出入平既多以金縱反間於楚軍宣言諸將鍾離眛等為項王將功多矣然終不得列地而王欲與漢為一以滅項氏分王其地項王果疑之使使至漢漢為太牢之具舉進見楚使即陽驚曰吾以為亞父使乃項王使也復持去以惡草具進楚使使歸具以報項王果大疑亞父亞父欲急擊下滎陽城項王不信不

肯聽亞父亞父聞項王疑之乃大怒疽發而死卒用陳平之計滅楚
也○梅堯臣曰或以偽事紿之或以厚利啗之○王晳曰反間反為
我間也或留之使言其情或示以詭形而遣之○何氏曰如燕昭
王以樂毅為將破齊七十餘城及惠王立與樂毅有隙齊將田單乃
縱反間於燕宣言曰齊王已死城之不拔者二耳樂毅畏誅而不敢
歸以伐齊為名實欲連兵南面而王齊齊人未附故且緩即墨以待
其事齊人所懼唯恐他將之來即墨殘矣燕王以為然使騎劫代樂
毅燕人士卒離心單又縱反間曰吾懼燕人掘吾城外冢墓戮辱先
人燕軍從之即墨人激怒請戰大破燕師所亡七十餘城悉復之又
秦師圍趙閼與趙將趙奢救之去趙國都三十里不進秦間來奢善
食遣之間以報秦將以為奢師怯弱而止不行奢隨而卷甲趨秦師
擊破之又范睢為秦昭王相使左庶長王齕攻韓取上黨上黨民走
趙趙軍長平齕因攻趙趙使廉頗將廉頗堅壁以待秦秦數挑戰趙
兵不出趙王數以為讓而睢使人行千金於趙為反間曰秦之所惡
獨畏趙括耳廉頗軍易與且降矣趙王既怒廉頗軍多亡失數敗又
反堅壁不戰又聞秦反間之言因使括代頗秦聞括將以白起為上

將軍射殺括及坑降卒四十萬○張預曰敵有間來或重賂厚禮以
結之告以偽辭或佯為不知蹤而慢之示以虛事使之歸報則反為
我利也趙奢善食秦間
漢軍佯驚楚使是也

死間者為誑事於外令吾間知之而傳於敵間也

李筌曰情詐為不足信吾知之令吾動也間而待之此筌以待字為非傳
也○杜牧曰誑者詐也言吾間在敵未知事情我則詐立事跡令吾
間憑其詐迹以輸誠於敵而得敵信也若我進取與詐跡不同間者
不能脫則為敵所殺故曰死間也漢王使酈生說齊下之齊罷守備
韓信因而襲之田横怒烹酈生此事相近○杜佑曰作誑詐之事於
外佯漏泄之使吾間知之吾間至敵中為敵所得必以誑事輸敵敵
從而備之吾所行不然間則死矣又云敵間來聞我誑事以持歸然
皆非所圖也二間皆不能知幽隱深密故曰死間也蕭世誠曰所獲
敵人及已叛亡軍士有重罪繫者故為貸免相敕勿泄佯不祕密令
敵間竊聞之吾因縱之使亡亡必歸敵必信焉往必死故曰死間○
梅堯臣曰以誑告敵事乖必殺○王晳曰詐吾間使敵得之間以吾

詐[illegible]敵事決必殺之也○何氏曰如戰國鄭武公欲伐胡先以其女妻胡因問羣臣曰吾欲用兵誰可伐者大夫關思期曰胡可伐武公怒而戮之曰胡兄弟之國子言伐之何也胡君聞之以鄭為親已不備鄭襲而取之此用死間之勢也又班超發于闐諸國兵擊莎車龜茲三國揚言兵少不敵罷散乃陰緩生口歸以告龜茲王喜而不虞超即潛勒兵馳赴莎車大破降之斯亦同死間之勢又李靖伐突厥頡利可汗以唐儉先在突厥結和親突厥不備靖因掩擊破之○張預曰欲使敵人殺其賢能乃令死士持虛偽以赴之吾間至敵為彼所得彼以誑事為實必俱殺之我朝曹太尉嘗貸人死使偽為僧吞蠟彈入西夏至則為其所囚僧以彈告即下之開讀乃所遺彼謀臣書也戎王怒誅其臣并殺間僧此其義也然死間之事非一或使吾間詒敵約和我反伐之則間者立死酈生見烹於齊王唐儉殺於突厥是也

生間者反報也李筌曰往來之使○杜牧曰往來相通報也生間者必取內明外愚形劣心壯趫捷勁勇閑於鄙事能忍飢寒垢恥者為之○賈林曰身則公行心乃私覘往反報復常無所害故曰生間○杜佑曰擇已有賢材智謀能自開通於敵之親貴察其動靜知其事計彼所為已知其實還以報我故曰生間○梅堯臣曰使智辯者往覘其情而以歸報也○何氏曰如華元登子反之牀而歸又如隋達奚武為東秦刺史時齊神武趣沙苑太祖遣武覘之武從三騎皆衣敵人衣服至日暮去營數百步下馬潛聽得其軍號因上馬歷營若警夜者有不如法者往往撻之具知敵之情狀以告太祖太祖深嘉焉遂破之○張預曰選智能之士往視敵情歸以報我若婁敬知匈奴之強以告高祖之類然生間之事亦眾或已欲退告敵以戰或已欲戰告敵以退若秦行人夜戒晉師曰來日請相見臾駢曰使者目動而言肆懼我也秦果夜遁又呂延攻乞伏乾歸大敗之乾歸乃遣間稱東奔成紀延信而追之耿稚曰告者視高而色動必有姦計延不從遂為所敗是也

故三軍之事莫親於間杜牧曰受辭指蹤在於臥內○杜佑曰若不親撫重以祿賞則反為敵用洩我情實○梅堯臣曰入幄受詞最為親近○王晳曰以腹心親結之○張預曰三軍之士然皆親撫獨於間者以腹心相委是最為親密也

賞莫厚於間杜佑曰以重賞賞之

而賴其用○梅堯臣曰爵祿金帛我無愛焉○王晳曰軍功之賞莫
厚於此○張預曰非高爵厚利不能使間陳平曰願出黃金四十萬
斤間楚君臣事莫密於間杜牧曰出口入耳也密一作審○杜佑曰間事不密則爲己害○梅堯臣曰幾
事不密則害成○王晳曰獨將與謀○張預曰惟將與間得聞其事非密與非聖智不能用間
杜牧曰先量間者之性誠實多智然後可用之厚貌深情險於山川
非聖人莫能知○梅堯臣曰知其情僞辨其邪正則能用○王晳曰
聖通而先識智明於事○張預曰聖則事無不通智
則洞照幾先然後能爲間事或曰聖智則能知人非仁義不
能使間陳皥曰仁者有恩以及人義者得宜而制事主將者既能仁結而義使則間者盡心而覘察樂爲我用也○孟
氏曰太公曰仁義著則賢者歸之賢者歸之則其間可用也○梅堯
臣曰撫之以仁示之以義則能使○王晳曰仁結其心義激其節仁
義使人有何不可○張預曰仁則不愛爵賞義則
果決無疑既啗以厚利又待以至誠則間者竭力非微妙不

能得間之實杜牧曰間亦有利於財寶不得敵之實情但將虛辭以赴我約此須用心淵妙乃能酌其情僞
虛實也○杜佑曰用意密而不漏○梅堯臣曰防間反爲敵所使思
慮故宜幾微臻妙○王晳曰謂間者必性識微妙乃能得所間之事
實○張預曰間以利害來告須用心淵微精妙乃能察其眞僞微哉微哉無所不用間
也杜牧曰言每事皆須先知也○梅堯臣曰微之又微則何所不知○王晳曰丁寧之當事事知敵之情也○張預曰密之又密
則事無巨細皆先知也間事未發而先聞者間與所告者皆
死杜牧曰告者非誘間者則不得知間者之情殺之可也○陳皥曰間者未發其事有人來告其間者所告者亦與間者俱殺以
滅口無令敵人知之○梅堯臣曰殺間者惡其泄殺告者滅其言○
何氏曰兵謀大事泄者當誅告人亦殺恐傳諸衆○張預曰間敵之
事謀定而未發忽有聞者來告必與間俱殺之一惡其泄一滅其口
秦已間趙不用廉頗秦乃以白起爲將令軍中曰有泄武安君將者

斬此是已發其事尚不欲泄況未發乎

凡軍之所欲擊城之所欲攻人之所欲殺必先知其守將左右謁者門者舍人之姓名令吾間必索知之

李筌曰知其姓名則易取也○杜牧曰凡欲攻戰先須知敵所用之人賢愚巧拙則量材以應之漢王遣韓信曹參灌嬰擊魏豹問曰魏大將誰也對曰柏直漢王曰是口尚乳臭不能當韓信騎將誰也曰馮敬曰是秦將馮無擇子也雖賢不能當灌嬰步卒將誰也曰項它曰是不能當曹參吾無患矣○陳皞曰此言敵人左右姓名必須我先知之或敵使間來我當使間去若不知其左右姓名則不能成間者之說漢高伐秦至嶢關張良曰吾聞其將賈豎爾可以利啗之又曰其將雖曰欲和其軍士未肯不如因其懈而擊之乃進兵擊破之又宋華元夜登子反之床以告宋病若非素知門人舍人左右姓名先使間導之又何由得登其床也○杜佑曰守謂官守職任者謁告也主告事者也門者守門者也舍人守舍之人也必先知之為親舊有急則呼之則不可不知亦因此知敵之情○梅堯臣曰凡敵之左右前後之姓名皆須審省而令吾間先知則吾間可行矣○王晳曰不可臨事求也○張預曰守將守官任職之將也謁者典賓客之官也門者閽吏也舍人守舍之人也凡欲擊其軍欲攻其城欲殺其人必先知此左右之姓名則可也欲潛入其軍則呼其姓名而往若華元夜登子反之床以告宋病杜元凱註引此文謂元用此術得以自通是也又漢高祖入韓信卧內取其印亦近之

必索敵人之間來間我者因而利之導而舍之

杜佑曰舍居止也令吾人遺以重利復遇而舍之則可令詭其辭

故反間可得而用也

曹操曰舍居止也○杜牧曰敵間之來必誘以厚利而止舍之使為我反間也○杜佑曰故能取敵之間而用之○梅堯臣曰必探索知敵之來間者因而利誘之引而舍止之然後可為我反間也○王晳曰此留敵間以詢其情者也必謹舍之曲為辯說深致情爨然後啗以大利威以大刑自非至忠於其君王者皆為我用矣○張預

曰索求也求敵間之來窺我者因以厚利誘導而館舍之使反爲間也言舍之者謂稽留其使也淹延既久論事必多我因得察敵情下文言四間皆因反間而知非久留其人極論其事則何以悉知

因是而知之故鄉間內間可得而使也杜牧曰若敵間以利導之尚可使爲我反間因此乃知厚利亦可使鄉間內間也此言使間非利不可故上文云相守數年爭一日之勝而愛爵祿百金不知敵情者不仁之至也下文皆同其義也○陳皞曰此說疎也言敵使間來以利啗之誘令止舍因得敵之情因間內間可使反間誘而使之○杜佑曰因反敵間而知敵情鄉間者皆可得使○梅堯臣曰其國人之可使者其官人之可用者皆因反間而知之○張預曰因是反間知彼鄉人之貪利者官人之有隙者誘而使之

因是而知之故死間爲誑事可使告敵張預曰因是反間知彼可誑之事使死間往告之

因是而知之故生間可使如期杜牧曰可使往來如期○陳皞曰言五間皆循環相因惟生間可使如期○杜佑曰因誑事而知敵情生間往返可使知其敵之腹心所在○梅堯臣曰令吾間以誑告敵者須因反間而知敵之可誑也生間以利害覘敵情須因反間而知其疎密則可往得實而歸如期也○張預曰因是反間知彼之情故生間可往復如期也

五間之事主必知之李筌曰孫子殷勤於五間主切知之

知之必在於反間故反間不可不厚也杜牧曰鄉間內間死間生間四間者皆因反間知敵情而能用之故反間最切不可不厚也○杜佑曰人主當知五間之用厚其祿豐其財而反間者又五間之本事之要也故當在厚待○梅堯臣曰五間之始皆因緣於反間故當厚遇之○張預曰人主當用五間以知敵情然五間皆因反間而用則是反間者豈可不厚待之耶

昔殷之興也伊摯在夏曹操曰伊摯伊尹也

周之興也呂牙在殷曹操曰呂牙太公也○梅堯臣曰伊尹呂牙非叛於國也夏不能任

而殷任之殷不能用而周用之其成大功者爲民也○何氏曰伊摯聖人之耦豈爲人間哉今孫子引之者言五間之用須上智之人如伊呂之才智者可以用間蓋重之之辭耳○張預曰伊尹夏臣也後歸于殷呂望殷臣也後歸于周伊呂相湯武以兵定天下者順乎天而應乎人也非同伯州犁之奔楚苗賁皇之適晉狐庸之在吳士會之居秦也

故惟明君賢將能以上智爲間者必成大功此兵之要三軍之所恃而動也

李筌曰孫子論兵始于計而終於間者蓋不以攻爲主爲將者可不慎之哉○杜牧曰不知敵情軍不可動知敵之情非間不可故曰三軍所恃而動李靖曰夫戰之取勝此豈求於天地在乎因人以成之歷觀古人之用間其妙非一即有間其君者有間其親者有間其賢者有間其能者有間其助者有間其鄰好者有間其左右者有間其縱橫者故子貢史廖陳軫蘇秦張儀范雎等皆憑此而成功也且間之道有五焉有因其邑人使潛伺察而致辭焉有因其仕子故洩虛假令告示焉有因敵之使

矯其事而返之焉有審擇賢能使覘彼向背虛實而歸說之焉有佯緩罪戾微漏我偽情浮計使亡報之焉凡此五間皆須隱祕重之以賞密之又密始可行焉若敵有寵嬖任以腹心者我當使間遺其珍玩恣其所欲順而旁誘之敵有重臣失勢不滿其志者我則啗以厚利詭相親附採其情實而致之敵有親貴左右多辭誇誕好論利害者我則使間曲情尊奉厚遺珍寶揣其所間而反間之敵若使聘於我我則稽留其使令人與之共處矯致慇懃偽相親暱朝夕慰諭倍供珍味觀其辭色而察之仍朝夕令使獨與己伴居我遣聽耳者潛於複壁中聽之使既遲違恐彼怪責必是竊論心事我知事計遣使用之且夫用間間人人亦用間以間己己以密往人以密來理須獨察於心參會於事則不失矣若敵人來欲候我虛實察我動靜覘知事計而行其間者我當佯爲不覺舍止而善飯之微以我偽言誑事示以前却期會則我之所須爲彼之所失者因其有間而反間之彼若將我虛以爲實我即乘之而得志矣夫水所以能濟舟亦有因水而覆沒者間所以能成功亦有憑間而傾敗者若束髮事主當朝正色忠以盡節信以竭誠不詭伏以自容不權宜以爲利雖有善間其

可用乎○陳皥曰晉伯州犁奔楚楚苗賁皇奔晉及晉楚合戰於鄢陵苗賁皇在晉侯之側伯州犁侍于楚王二人各言舊國長短之情然則晉所以勝楚者楚所以敗者其故何也二子則有優劣也是知用間之道間敵之情得不慎擇其人深究其說也故上文云非聖智莫能用間者六聖智知人人即附之賢者受知則勠力爲效非聖非智必猜必忌公道不啓仁義不施則義士賢人因而銜憤此將上天不祐幽有鬼神設無人事之變恐有陰誅之禍豈上智之士爲其用哉故上文云非仁義莫能使間然則湯武之聖伊呂宜用伊呂獲用事宜必濟聖賢一會交泰時乘道合乾坤功格寰宇當其耕夫於畎畝釣叟於渭濱知我者誰能無念也○賈林曰軍無五間如人之無耳目也○王晳曰未知敵情者不可動也○張預曰用師之本在知敵情故曰此兵之要也未知敵情則軍不可舉故曰三軍所恃而動也然處十三篇之末者蓋用非兵之常也若計戰攻形勢虛實之類兵動則用之至於火攻與間則有時而爲耳

十一家註孫子卷下